AF246287

ÉLOGE

DE

Charles-François DUC DE RIVIÈRE,

GOUVERNEUR

DE SON ALTESSE ROYALE MONSEIGNEUR

Le Duc de Bordeaux.

ÉLOGE

DE

Charles-François DUC DE RIVIÈRE,

GOUVERNEUR

DE SON ALTESSE ROYALE MONSEIGNEUR

Le Duc de Bordeaux.

> Si j'avois en ma possession les hommes et les événements incognus, j'en penserois bien facile-ment supplanter les cognus, en toute espèce d'exemples.
>
> MONTAIGNE.

PARIS.

IMPRIMERIE DE PIHAN DELAFOREST (MORINVAL),
RUE DES BONS-ENFANS, N°. 34.

1830.

Ferme dans ses devoirs, sa foi, sa loyauté,
Des plus indifférens Rivière aura l'hommage ;
Et jamais tant d'éclat ne fut mieux mérité !
Son nom rappellera comment, aux jours d'orage,
On se rend immortel par la fidélité.
Ses vertus sont à lui ; sa gloire est votre ouvrage ;
O mon Roi ! votre cœur enflammait son courage.
Quel Français, à ce prix, ne l'eût pas imité !

Le chevalier DE LANGEAC.

ÉLOGE

DE

Charles-François **DUC DE RIVIÈRE**,

GOUVERNEUR

DE SON ALTESSE ROYALE MONSEIGNEUR

Le Duc de Bordeaux.

——⋅—◇—⋅——

Nous ne craignons pas de l'avouer ; au touchant récit des actes si nobles, si rares, si nombreux, qui remplissent la vie du marquis de Rivière, la surprise est si grande, qu'elle autorise le doute à se mêler d'abord à l'admiration. Mais les preuves sont tellement accumulées dans ses précieux mémoires, qu'on ne peut s'empêcher de leur appliquer ce vers connu :

« Ici tout est merveille et tout est vérité. »

En effet, que l'héritier d'une de ces familles privilégiées à qui Versailles tenait lieu de patrie, qu'un de ces personnages qui, de survivance en survivance, se rendaient une grande place héréditaire, qu'un homme de cour, enfin, en perdant sa fortune, ait suivi celle des princes chez les souverains empressés de les accueillir ; rien ne paraîtrait extraordinaire dans cette conduite que l'on fait encore valoir aujourd'hui comme un beau dévoûment ; mais qu'un jeune gentilhomme, simple officier dans les gardes françaises, étranger aux profusions de la cour, libre, par une insurrection de ses soldats, des devoirs qu'il s'est imposés lui-même, renonce aux plaisirs que pouvaient lui procurer les avantages de la nature et de la fortune ; qu'il s'enflamme d'un beau zèle pour la grandeur malheureuse ; et que, dans son enthousiasme d'honneur, après avoir vendu ses propriétés, il aille en déposer la valeur au pied de l'idole qu'il s'est faite, et que, ne possédant plus rien au monde que son existence, il fasse encore ce dernier sacrifice à l'objet de sa noble affection, voilà ce qu'on ne saurait trop admirer, et ce qu'a fait le marquis de Rivière.

Ce fait isolé suffirait à sa gloire. Combien elle s'agrandit par les détails de ses périls! Tantôt c'est dans la Vendée qu'il va porter les ordres du prince et qu'il rétablit l'harmonie entre Charrette et Stofflet. C'est dans cette mission que, découvert et arrêté, il est conduit dans les prisons de Nantes. Il s'en échappe par miracle. Songea-t-il seulement à ce bonheur quand son âme suffisait à peine à celui qu'il éprouvait en lisant ce billet touchant que Monsieur lui fit parvenir :

« Tu m'as fait une belle peur , mon cher Ri-
» vière ; mais, grâce à Dieu et à ton courage , tu
» t'es tiré d'affaire. J'ai été bien dédommagé ,
» car j'ai annoncé le premier à tes amis que tu
» vivais. Je t'embrasse. »

Que mille gouffres de feu s'entr'ouvrent , le jeune Rivière va s'y jeter avec un pareil billet sur son cœur : son zèle redouble et le multiplie. On le voit dans une même année retourner trois fois dans la Vendée, deux fois à Vienne , trois fois à Londres , deux fois à Pétersbourg, et refuser le grade supérieur que, plein d'admiration pour son courage, lui offrait l'empereur de Russie. C'est toujours vers son prince qu'il retourne, et il ne le quitte que pour aller quelque part chercher à mourir pour lui.

Quelle persévérance dans de si rares sentimens ! Que de fois, guidé par eux, n'est-il pas venu braver à Paris cent périls renaissans ! S'il est nécessaire d'en avoir été le témoin pour y croire, j'ai le bonheur d'avoir cette heureuse conviction. Quatre fois j'ai passé des journées entières à la campagne (1) avec lui, à l'époque des courses périlleuses qu'il faisait en France à travers les surveillans de tous genres qui se trouvaient sur les routes. Le plaisir que j'avais à le voir ajoutait en quelque sorte à mon effroi, et quand il venait à l'entrevoir, il souriait paisiblement et semblait ne pas se douter qu'il eût le moindre mérite à s'exposer aux dangers qui le menaçaient. Il me paraissait tellement inconcevable qu'il pût échapper à toutes les précautions prises contre lui, qu'en vérité j'étais tenté de croire qu'il était

---

(1) Chez M. Lefebvre de Saint-Maur, son notaire, prédécesseur de M. Agasse.

secrètement protégé par quelque haute puissance républicaine. C'est ainsi que pendant nombre d'années la vie du marquis de Rivière ne tenait qu'à un léger fil.

Rien n'est comparable à un pareil courage. Celui des Roland, des Bayard et autres preux, n'avait que la mort à braver sur les champs de bataille, mais cette mort était glorieuse; des trophées s'élevaient sur leurs tombes, et leurs tombes se mêlaient à celles des rois. Pour le marquis de Rivière, c'étaient la mort et l'échafaud; c'étaient des cris de rage et des injures atroces jusqu'à son dernier moment. On a beau dire que le crime seul fait la honte, il faut du temps pour établir cette distinction. Le bourreau ne laisse qu'une minute, et le condamné, souillé par ses mains, ferme les yeux entouré d'opprobres.

Telle fut la valeur héroïque du marquis de Rivière, bien supérieure à toutes les autres; elle ne l'abandonna jamais dans la cruelle épreuve qui l'attendait le 4 mars 1804. Le jeune Armand de Polignac venait d'être saisi par la police : son frère, au désespoir, courut chercher des consolations près du marquis de Rivière, dans l'asile que lui donnait un ancien et fidèle serviteur. Cette généreuse hospitalité les fit arrêter tous les trois, et conduire chez le conseiller - d'état chargé de les interroger.

« Je ne répondrai pas un mot, dit alors M. de Rivière, si l'on ne m'assure qu'on ne fera rien à l'homme généreux qui m'a logé et qui ne connaissait pas même le but de mon voyage. » La Bruyère fut libre, et son maître alla dans les prisons attendre le jugement du tribunal arbitraire, créé d'avance le 28 février, par ce qu'on nommait alors un *sénatus-consulte :*

« Les fonctions du jury seront suspendues ;

» Le recours en cassation, interdit ;

» Les juges, nommés par Bonaparte. »

Quel refuge pour l'innocence contre un pouvoir absolu qui veut des coupables ?

Le mois de juin 1804 fut le témoin de cette procédure inique ; à peine le défenseur du marquis de Rivière eut-il la faculté de parler. Interrompu vingt fois par le président et le procureur-général, il n'en prouva pas moins que le marquis de Rivière n'avait pris part à aucune conspiration, et que jamais une pensée de meurtre n'avait pu s'introduire dans une âme aussi élevée. Cette vérité paraissait éclatante de conviction dans ces paroles du marquis de Rivière : « Je n'ai » ni commandé, ni obéi à personne. »

Certes, on pouvait croire à ses désaveux en voyant le peu de précaution qu'il employait à cacher ses vrais sentimens. De quelle scène admirable ne fut-on pas attendri quand le président demanda au marquis de Rivière s'il reconnaissait une miniature qu'on avait saisie sur lui ! « Pour que je réponde, dit-il, veuillez me la faire passer. » Quand le portrait de Monsieur fut entre ses mains, il s'écria dans une émotion sublime : « Croyez-vous donc que je ne l'aie pas reconnu ? je voulais seulement le voir encore une fois de près, l'embrasser mille fois ; » et il couvrit de baisers l'image de son prince, comme lord Capell baisa la hache qui allait faire tomber sa tête, après s'être assuré que c'était le même fer qui avait frappé celle de Charles Ier.

Dans ces débats, si longs et si artificieusement

combinés, il est constant que sur 148 témoins entendus, pas un seul n'a indiqué le marquis de Rivière comme ayant pris part à un projet de meurtre ; pas un seul n'a prononcé son nom. N'importe, le 10 juin 1804, à 4 heures du matin, l'arrêt fatal fut prononcé.

Une force armée considérable avait envahi le tribunal, et entourait les juges. Elle était nécessaire pour les défendre contre le soulèvement de l'opinion générale qui les trouvait plus coupables que les condamnés.

Oui, le marquis de Rivière est sorti pur de ce jugement ; jamais il ne fut un assassin, et c'est Bonaparte qui l'eût été s'il avait souffert que le crime de son tribunal fût achevé. On a vanté sa clémence ; le masque de cette vertu couvrit seulement le front tout rouge de la justice. Avec quelle noblesse et quel courage a-t-on vu le marquis de Rivière recevoir cette faveur. On le pressa, pour l'obtenir, de faire une démarche auprès de Bonaparte, il s'y refusa constamment. « Pourquoi moi seul, disait-il ? pourquoi pas tous ? j'ai donc été moins fidèle que

les autres ? S'ils meurent, pourquoi vivrais-je ?
Cette idée m'est insupportable. »

Quand il connut la grâce accordée aux larmes
de sa sœur, et aux instances de Joséphine :
« Grand Dieu ! s'écria-t-il, j'étais condamné à
mourir, aujourd'hui on me condamne à vivre. »

Voici dans quels termes cette grâce fut accordée le 14 juin 1804 :

« La peine de mort sera commuée en celle de
la déportation, qui s'effectuera dans le délai de
quatre années, pendant lesquelles ledit sieur
Rivière tiendra prison. »

Il fut d'abord jeté dans un cachot si humide,
que l'eau y ruisselait de toutes parts, et que dans
les plus fortes chaleurs, il y dépensait par mois
cinquante francs pour s'y réchauffer.

Enfin des cœurs généreux, qu'on aime à faire
connaître, le duc Mathieu de Montmorenci, le
duc de Fitz-James, le duc de Cerest, le prince de
Léon, le comte de Saint-Aulaire, et le comte de
La Ferté-Meun, parvinrent, en lui servant de
caution, à rendre sa détention plus supportable.

Il fut, au mois de février 1805, transféré dans la citadelle de Strasbourg. Ce fut dans cette lutte si cruelle que la lecture des psaumes de David lui donna, comme il le dit lui-même, le meilleur et le plus puissant des alliés, son Dieu ; lui seul vint l'aider à souffrir pour son Roi. Sa prière habituelle qu'il composa est digne d'être citée et retenue.

« Mon Dieu, vous élevez, vous abaissez, quand il vous plaît, et toujours selon les lois de votre sagesse. Je vous remercie de mes disgrâces, je vous remercie de vos faveurs : ce sont également des bienfaits. Que je n'en use que pour votre gloire, Seigneur, et, par pitié, rendez-moi les revers, si jamais je vous oublie dans la prospérité. »

Malgré le texte formel de l'arrêté de commutation de peine, qui fixait à quatre ans la détention du marquis de Rivière, la cinquième année le voyait encore sous les verroux, et ils ne devaient s'ouvrir que pour le déporter à Cayenne ; enfin, grâce aux démarches du prince Adrien de Laval, à l'époque du mariage de Napoléon, un décret du 8 avril 1810, rendit la liberté au marquis de Rivière.

Il revint à Paris pour l'entérinement de ses lettres de grâce. Quel noble et grand caractère vint développer encore le marquis de Rivière, dans cette circonstance ! Avant de subir cette formalité, il crut de son devoir d'obtenir une audience du grand-juge, ministre de la justice ; rien dans l'histoire n'est au-dessus des paroles qu'on va lire :

« Monsieur, une cérémonie très pénible doit
» avoir lieu incessamment pour l'entérinement
» des lettres de grâce ; je ne serai certainement
» pas dans l'attitude d'un triomphateur ; mais je
» dois vous avertir d'une résolution invariable
» que j'ai prise. Si l'avocat-général se permet
» quelques sorties offensantes (je ne dis pas
» contre moi, car s'il blâme ma conduite, ma
» réponse sera dans ma conscience), mais s'il
» profère quelques termes outrageans pour les
» princes que j'ai servis, je prendrai la parole à
» l'instant même, et je repousserai publiquement
» ses attaques. Tant que j'existerai, je ne souf-

» frirai pas qu'on les insulte en ma présence. On
» recommencera, si l'on veut, mon procès, et
» l'on reprendra la vie que j'avais acceptée. Je
» n'en veux pas à ce prix. »

Hommage et reconnaissance au loyal et bon
M. Regnier, qu'il soit ou ne soit pas duc de
Massa-Cararra. « Je ne laisserai dire, assura-t-il
au marquis de Rivière, que ce que je croirais
pouvoir entendre, si j'étais dans la même position
que vous. » Sa promesse fut réalisée.

Le fidèle ami du Roi recouvra ses droits civils,
et, devenu l'époux d'une femme supérieure,
dont le caractère était digne du sien, il se fixa
dans le Berri, résidence indiquée pour son exil;
et s'il revenait quelquefois à Paris, ce n'était
que du consentement de M. de Sémonville, sous
la surveillance duquel il était placé.

Ce qu'on vient de lire n'est qu'une faible portion
de la vie du marquis de Rivière : elle ne se com-
pose encore que de grands sacrifices sans succès;
on la verra bientôt se remplir par des services
plus éminens.

Plutarque nous a laissé un livre de parallèles,

où il place en regard les grands hommes de la Grèce et de Rome. C'est en vain que je cherche parmi ces noms célèbres celui que je pourrais offrir à côté du marquis de Rivière ; je ne vois que le fidèle et généreux Montross qu'on puisse lui comparer. Dévoués également l'un et l'autre, tous deux bravent les flots et s'y précipitent pour aborder, l'un dans l'Ecosse, l'autre dans la Vendée. Un jugement les frappe tous les deux, l'un succombe, et l'autre échappe ; mais le dernier déclare qu'il est prêt à reporter sa tête sous la hache, plutôt que de souffrir qu'en sa présence on manque de respect à son prince.

Enfin ce prince est en France : il est à Vesoul ; il est à Paris. Un billet de sa main a jeté le marquis de Rivière dans le délire : il est dans les bras, aux pieds de son prince à Livry, l'accompagne à Notre-Dame, et rentre, à ses côtés, dans le château des Tuileries, si long-temps vide à ses yeux et si long-temps profané.

Le Roi, dès son arrivée, ne fut pas long-temps à prouver, par des actes de sentiment et

de bienveillance, combien sont injustes les vers
suivans :

« Amitié, que les rois, ces illustres ingrats,
» Sont assez malheureux pour ne connaître pas. »

Le marquis de Rivière fut désigné pour l'ambassade de Constantinople.

Parti de Paris le 15 février 1815, il arriva le
28 à Marseille. Napoléon débarquait à Cannes. Le
marquis de Rivière comprit dès-lors toute l'éten-
due de ses nouveaux devoirs, et ne songea plus
qu'à les remplir. Son zèle ne fut comparable qu'à
son activité; son âme seule pouvait lui donner les
moyens de se multiplier comme les événemens
et les dangers. Il courut dans le département de
la Drôme rejoindre Monsieur le duc d'Angou-
lême, et revint avec le prince à Marseille et à
Toulon. Le prince part pour l'Espagne; le marquis de Rivière sait qu'on ose y délibérer sur
l'hospitalité que réclame un prince français. Le
fidèle sujet arrive à Madrid, obtient une audience; et, en moins d'une heure, l'assurance

que le prince recevra l'accueil qui lui est dû est donnée au marquis de Rivière. Il porte à S. A. R. cette importante décision , revient à ses côtés à la cour d'Espagne , et la quitte aussitôt pour retourner à Marseille : il s'embarque pour Naples , et y descend au moment où le roi Ferdinand y rentrait, après avoir été salué en mer de vingt-un coups de canon par le vaisseau qui transportait, dans sa fuite , madame Murat à Trieste.

Le marquis de Rivière ne reste que vingt-quatre heures à Naples ; et ce rapide séjour lui suffit pour apprendre que la guerre commencée depuis huit jours est terminée, la bataille de Waterloo livrée , et que celui qui l'a perdue est de retour à Paris.

Marseille et Toulon revirent bientôt leur commandant : il y maintint l'ordre et la paix. Le drapeau blanc fut arboré dans le département des Bouches-du-Rhône et les départemens voisins. Les armées alliées se disposaient à marcher sur Toulon , si le maréchal Brune persistait à y commander. Le marquis de Rivière n'hésita pas à l'aller trouver, l'effraya de la responsabilité qui le menaçait, et parvint à décider son départ pour Paris. Muni d'une sauve-garde, une escorte devait le protéger sur sa route; il ne voulut pas l'attendre; et cette précipitation fut la première cause du malheur qui, malgré les précautions du marquis de Rivière, termina les jours du maréchal.

Ce fut dans ces circonstances que le 7 août, on reçut la nouvelle que le général Bianchi arrivait à la tête de trente-cinq mille Autrichiens, pour envahir la Provence. Le marquis de Rivière lui représenta que tout le pays était soumis; qu'il n'était pas juste de mettre au désespoir une population qui, après avoir tout sacrifié pour son Roi, se verrait plus maltraitée que les autres parties de la France. Le général autrichien répond à ces représentations énergiques, qu'il a des ordres supérieurs, et, en même temps, il se dispose à entrer en Provence sur trois colonnes. M. de Rivière, loin de céder à l'orage, déclare très positivement au général Bianchi qu'il n'entrera pas.

Peindrai-je ces trente-cinq mille Autrichiens attaqués par l'entière population de la Provence sous les ordres du marquis de Rivière ; douze ou quinze mille hommes tués ou blessés de part et d'autre ; des canons, des drapeaux enlevés ; les ennemis repoussés, et le général français arrivant à Paris au milieu des acclamations de la capitale ? Voilà ce qu'on nomme un triomphe et le bruit de la gloire. Celle du marquis de Rivière a moins d'éclat, mais elle est plus noble et plus pure : c'est avec la prudence, la patience, des paroles de conviction, qu'il a gagné cette victoire pacifique, et arrêté l'invasion, sans une larme, sans une goutte de sang. Beaux arbres, symboles de la paix, oliviers de la Provence, tressez-vous en couronnes pour ceindre le front de votre libérateur. Quelle récompense lui serait plus chère, et qu'il fût bien payé par ces mots seuls de Louis XVIII, prononcés avec l'émotion d'un bon roi : « Marquis de Rivière, je suis » content. »

Où m'arrêterais-je si je voulais rappeler ici tout ce que la vie et les liaisons du marquis de

Rivière peuvent amener de faits touchans et re-
marquables, de mots spirituels et profonds, d'ex-
pressions naïves et de sentiment? Je ne citerai,
pour abréger, que ce qu'il m'est impossible d'ou-
blier.

Quelle lettre que celle de l'excellent duc de
Berri au marquis de Rivière, sur la naissance
de son fils !

« Cher Rivière, je ne t'ai pas répondu aussitôt
» que je l'aurais pu : mais j'étais encore si triste de
» la perte de mon enfant, que je ne voulais pas
» mêler mes peines avec ton bonheur. Je te fais
» mon compliment sur la naissance de ton enfant,
» et je ne renonce pas à l'idée qu'il soit aide-
» de-camp de mon fils ; j'ai bien déjà l'espérance
» d'en avoir un au mois de mai prochain ; tu
» vois que je n'ai pas perdu de temps ; et un
» aide-de-camp peut bien avoir six mois de plus
» que son prince. Mon ami, ma petite femme
» se porte à merveille, et fait mon bonheur.

» Adieu, cher, vieux et fidèle ami, ne reste

» pas trop long-temps en Turquie : tu as des amis
» qui seront bien aises de te revoir, et en atten-
» dant je t'embrasse de tout mon cœur.

» CHARLES-FERDINAND. »

Rapprochons cette lettre de celle de Henri IV
à Sully, dans une même circonstance, et surtout
point de partialité pour le nom du bon Roi.

« Je crois qu'aucun de mes serviteurs n'a pris
» plus de part que vous à la naissance de mon
» fils d'Anjou. Je veux aussi que vous croyez
» que je surpasse en joie tous vos amis, de la
» naissance de votre fils ; vous aurez bien la tête
» rompue de leurs cajoleries ; mais l'assurance
» de mon amitié vous sera plus solide que toutes
» leurs paroles ; je fais mes recommandations à
» l'accouchée.

» HENRI. »

Le pacha de Damas ne devait recevoir des
pères de la Terre-Sainte qu'un droit de sept ou
huit mille piastres turques par an. Il exigeait de

ces bons pères une rétribution de plus de quatre-vingt mille. Cette vexation les ruinait; M. de Rivière porta ses plaintes au Grand-Seigneur. Voici dans quels termes le Sultan intima sa volonté :

« Écoute bien, Pacha, c'est ton maître qui
» parle : non seulement à l'avenir, tu n'abuseras
» plus de ta puissance pour prendre aux chrétiens
» plus qu'il n'a été convenu par les derniers
» traités ; mais je t'ordonne, aussitôt le présent
« reçu, de rendre à ces mêmes chrétiens tout ce
» que tu as exigé d'eux en plus, si tu ne veux pas
» recevoir le châtiment que tu as mérité. »

Une justice aussi prompte et aussi énergique ferait presque des partisans au despotime.

Le second jour des solennités du sacre, le Roi, sortant de son cabinet, dit à haute voix au marquis de Rivière, en présence de toute la Cour. « A propos, Rivière, je t'ai fait duc. » On a vanté la grâce légère de ces mots familiers ; qu'on ne s'abuse pas : ces mots, loin d'être légers, ont un sens très profond. Ils prouvent que, loin de voir dans ce titre, assez prodigué d'ailleurs, l'importance qu'y met la vanité, le Roi ne prenait un ton si leste que pour exprimer ce qu'il trouvait de frivole dans sa faveur ; et qu'il savait bien , en faisant duc le marquis de Rivière , qu'il était plus grand que sa nouvelle dignité.

Charles **X** , en perdant M. Mathieu de Montmorency, ne put retenir l'expression de ses regrets. Elle est remarquable. « Il y a deux » personnes en moi, disait-il, le Roi et l'homme, » et je ne sais lequel des deux est le plus affligé. » Ah ! lorsque tant de Rois se font Dieu sur la terre , bénissons le monarque à qui le nom d'homme n'est pas étranger !

Le Roi ne balança point, en perdant M. Mathieu de Montmorency , à lui donner le marquis de de Rivière pour successeur auprès du duc de Bordeaux. Comment n'eût-il pas compté sur l'expérience d'un sujet dévoué, qui avait connu la révolution, l'émigration, la Vendée, l'étranger, et qui s'était vu condamné à mort pour son Roi ?

Ce que racontait le duc de Rivière sur sa nomination et ses craintes, est du plus vif in-

térêt. « Vous me félicitez, disait-il, consolez-
» moi plutôt, plaignez-moi. Ce doit être un
» pesant fardeau, puisque cet excellent Mathieu
» l'appelait un immense et redoutable honneur,
» et la perpétuelle occupation de sa conscience.
» Je suis effrayé de la mission que j'ai à remplir;
» j'ai supplié le Roi de m'en dispenser, il a insisté;
» je lui ai demandé de me l'ordonner, et il m'a
» répondu : Je ne te l'ordonnerais pas, mais tu
» me feras plaisir. J'ai obéi. Je n'ai pas dissimulé
» au Roi que j'aurais bien préféré rester capitaine
» de ses gardes. Il m'a répondu : Eh bien! tu as
» fait cette place pour toi, et tu feras l'autre pour
» moi. Comment résister à un pareil langage
» dans la bouche d'un tel prince. »

Cela paraît impossible, et il faut convenir que
celui qui s'effraie ainsi de l'importance de ses
devoirs, donne presque une preuve qu'il en est
digne.

Je terminerai ces citations par deux mots
charmans de l'intéressant duc de Bordeaux. On y
reconnaîtra cette sensibilité pleine de grâce qu'on

peut appeler l'esprit du cœur, et l'attachement que le duc de Rivière savait inspirer à son jeune élève.

Ayant appris que son gouverneur avait passé une mauvaise nuit, et qu'on avait des inquiétudes, le prince était mélancolique et préoccupé. La jeune princesse, sa sœur, cherchait à le distraire. « Eh bien ! lui dit-il, jouons aujourd'hui à des jeux qui ne nous amusent pas. » Un autre jour, ayant appris que son ami allait mieux : « Oui, s'écria-t-il, eh bien, en ce cas-là, illumination générale, » et il alluma à midi toutes les bougies du salon.

Mallebranche fait une réflexion bien juste, quand il parle de la préférence que méritent les annales de notre pays sur l'histoire ancienne.

« Les colléges, dit-il, retentissent commu-
» nément des belles actions des Grecs et des
» Romains, pourquoi parle-t-on si peu de celles
» des Français ? Cependant notre histoire pré-
» sente les plus grands exemples d'humanité, de
» désintéressement, de fidélité, de courage et d'un
» empressement général à courir à la gloire.

» Il est important que les jeunes gens apprennent
» de bonne heure que leur patrie a été aussi fer-
» tile en héros, et qu'ils tremblent de dégé-
» nérer. »

On fait admirer aux jeunes gens, dans ces vers
d'Horace, la scrupuleuse fidélité de Régulus à
ses engagemens.

Interque mœrentes amicos
Egregius properaret exul.

Ne serait-il pas aussi convenable de leur mon-
trer la même vertu dans le marquis de Rivière
enfermé dans le fort de Joux? On lui donna le
même cachot où Toussaint-Louverture avait été
enfermé, et où il avait péri. Toutes les fois qu'il
faisait sa barbe, deux soldats s'y trouvaient
en faction et ne sortaient que lorsqu'il était rasé.
Ses compagnons d'infortune, au nombre de
vingt, parvinrent à s'évader, et quand le gouverneur s'étonna de le retrouver : « Des amis, lui
» dit-il, m'ont cautionné à Paris, leur parole
» engage la mienne, et je suis resté. »

Ce que fit le marquis de Rivière, délivré de ses chaînes, mais exilé à Bourges, est peut-être plus admirable encore, puisque l'honneur et le respect à ses engagemens lui firent dompter le sentiment le plus impérieux de son âme. Il sait que le comte d'Artois est sur la frontière ; il en reçoit une lettre. « Il faut que je le voie, s'écrie-t-il, je n'y résiste pas. » Il s'échappe ; il reçoit en chemin ce billet laconique de M. de Sémonville : « Je vous prie instamment de ne pas continuer votre route. » Il s'arrête à l'instant même, et, dix heures après, il était dans sa résidence d'exil à Bourges.

Quelle résignation admirable quand on connaît son dévoûment passionné pour le prince qu'il allait revoir après dix ans d'absence.

Honneur et préférence au Régulus français !

Banni par l'ostracisme, errant de retraite en retraite, enfin Thémistocle trouve un asile auprès d'un monarque. Le roi de Perse veut lui confier le commandement général de ses armées ; le vertueux Athénien le refuse.

Rendu à la vie, prêt à se voir enfermé pour

quatre ans dans un cachot, le marquis de Rivière va subir une épreuve qu'on ne doit pas craindre pour lui. C'est dans ce moment que Bonaparte veut l'attacher à son service et tenter sa fidélité. « Voulez-vous un régiment, lui dit de sa part un conseiller-d'état ; voulez-vous une ambassade, voulez-vous une préfecture ? » Tout est refusé par le marquis de Rivière. « Mais enfin que voulez-vous, lui répliqua-t-on ? — Subir ma peine, » fut l'unique réponse que put obtenir le représentant de Bonaparte.

Honneur et préférence au Thémistocle français !

Martial célèbre deux frères, Tullus et Lucanus, qui, tels que les fils de Léda, voulaient sacrifier leur vie l'un pour l'autre.

Nobilis hæc esset pietatis rixa duobus
Quod pro fratre mori vellet uterque prior :
Vive tuo frater tempore, vive meo.

Certes, ils sont dignes d'un égal intérêt ces deux frères, Armand et Jules de Polignac, qui s'offrirent l'un pour l'autre en holocauste à la fureur du plus illégal des tribunaux. Comment ne pas rappeler leurs touchans débats. « Ah! disait le plus jeune, si l'un de nous doit succomber, rendez mon frère aux larmes d'une épouse ; je suis trop jeune encore pour avoir goûté la vie, puis-je la regretter! — Non, non, s'écriait l'aîné, tu as une carrière à suivre; c'est moi qui dois périr. » C'est ainsi que s'exprimaient Euryale et Nisus devant les Rutules ; c'est ainsi que Pylade s'offrait à la mort pour Oreste, et Pythias pour Damon. Ah! les noms français et modernes qu'éternise tant d'héroïsme dispensent d'aller chercher des modèles dans l'antiquité !

Qu'a-t-on besoin de citer aujourd'hui le courage de Cicéron, disputant la vie de Ligarius contre le courroux de César offensé? César était puissant, mais il était généreux et sensible à l'éloquence. Quel danger pouvait menacer Cicéron? Certes, M. Bonnet, défenseur de Moreau, s'exposait davantage en luttant contre l'iniquité féroce et vénale du procureur-général Thuriot. M. Bonnet ne faisait entendre, pour disculper le

général accusé , que ce qu'exigeait et commandait sa cause ; Thuriot osa lui dire « qu'en s'écartant de l'intérêt de la patrie on manquait à son
devoir et qu'on était un traître. — Non, lui répliqua subitement M. Bonnet, Moreau n'est pas
un traître ; aucun de nous n'a fait à cet égard des
preuves aussi sublimes. Ni vous, ni moi, Monsieur, n'étions aux campagnes de l'an IV et de
l'an V ; ni vous, ni moi n'avons battu les ennemis dans tant de rencontres ; ni vous, ni moi
n'avons fait l'admirable retraite d'Allemagne ni
celle d'Italie ; ni vous, ni moi n'avons, par des
actions, par des victoires, en surmontant tous
les obstacles, payé aussi largement à la France
notre tribut d'affection et de dévoûment. » Rien
dans Cicéron n'est aussi digne de servir de modèle
en tout genre que cet élan de courage et d'éloquence de l'orateur français.

Aurons-nous besoin de recourir à l'histoire
ancienne pour offrir un exemple de courage et
de présence d'esprit contre des révoltés ? L'histoire
moderne peut nous suffire quand on y trouve le
trait suivant :

Le marquis de Rivière, en se rendant à son ambassade de Constantinople, avait mission de s'arrêter en Corse, et d'y rétablir la paix. Il arrive à Bastia, fait déposer les armes à ceux qui n'avaient pas le droit d'en porter. Le canton de Fiumorbo oppose seul de la résistance. Le marquis de Rivière marche avec soixante hommes contre la population armée. On couche en joue le drapeau blanc : « Que faites-vous, s'écria-t-il, » on ne tire point sur ce drapeau-là ; on le salue » et on le suit ! » Il va droit au chef du poste : « Que voulez-vous, lui dit-il ? Pourquoi êtes-vous » armé ? Croyez-vous que je veuille vous faire du » mal ? Ne sommes-nous pas tous sujets du même » prince ? Allons, allons, crions ensemble : » *Vive le Roi !* » Et le chef étonné fit entendre le cri français. Cette fermeté n'égale-t-elle pas celle de César envers la légion décumane ? Elle refusait de passer en Afrique et ne voulait plus servir ; elle menaçait César, et Rome était alarmée. César s'avance : « *Romains*, leur dit-il, » au lieu de les appeler *soldats* comme à l'ordinaire. « Nous sommes soldats, s'écrièrent-ils aussitôt, » et ils l'accompagnèrent en Afrique. On voit dans les deux hommes, dans les deux nations, dans les mêmes circonstances, une même résolution, un même sentiment d'honneur et un même succès.

Est-il une scène plus imposante, plus admirable, plus touchante, que celle où le Roi, privé des soins que le duc Mathieu de Montmorenci devait donner au duc de Bordeaux, remit ce jeune prince au duc de Rivière? Quelle grave cérémonie! quel sentiment! quelle âme dans les paroles de Charles X, en remettant au nouveau gouverneur un pareil dépôt! Rappeler ces paroles, c'est rappeler une leçon utile à tous les pères, et donner à tous les Français un gage de sécurité.

« Duc de Rivière, lui dit le Roi, je vous donne
» la plus grande preuve de confiance et d'estime,
» en remettant à vos soins l'éducation de l'enfant
» de la Providence, qui est aussi l'enfant de la
» France. Je suis sûr que vous apporterez dans
» ces importantes fonctions un zèle et une pru-
» dence, qui vous donneront des droits à ma

» reconnaissance, à celle de ma famille, à celle
» de tous les Français. »

Il faut remonter à des siècles bien éloignés
pour trouver une pareille solennité, de pareils
soins, et tant de prévoyance.

Voyons si l'histoire moderne est au-dessous de
l'ancienne : elle nous rapporte que ce fut en présence du sénat et du peuple, que l'empereur
Théodose confia son fils Arcade au sage Thémiste. « Viens, disait à l'enfant royal cet homme
» vertueux, viens sur les genoux d'un vieillard,
» recevoir les leçons que la sagesse destine aux
» princes : ce sont celles que reçurent Antonin,
» Numa, Marc-Aurèle et Titus. Deviens, à l'école
» des sages, le bienfaiteur du monde. »

Tels sont les vœux que forme la France entière
aujourd'hui : comment ne seraient-ils pas exau-
cés? Une vertu qui les renferme toutes, la reconnaissance, est la première dont le Roi donne
l'exemple au duc de Bordeaux : il fait élever
avec lui le jeune enfant de son gouverneur.
Croissez ensemble, Éliacin, Zacharie, mais

pour un avenir plus heureux ; que les Mémoires de Rivière, qui réunissent aux leçons de Thémiste, les préceptes plus sûrs d'une religion plus vraie, deviennent votre étude assidue : que l'un sente à cette lecture le prix de la fidélité, que l'autre apprenne à continuer celle de son père ; que sa couronne céleste éclaire et guide encore son ancien élève ; et que ce divin héritage ne laisse envier à son fils aucune des grandeurs de la terre ; puisse enfin l'heureuse union de l'enfant du miracle et de l'enfant de la fidélité, attester à jamais que les hauts rangs et les hautes vertus ont des droits égaux à tous les hommages !

On a reconnu dans Louis XIV le mérite de savoir choisir les hommes qu'il employait ; le même éloge est rarement accordé à d'autres souverains. Qui donc, en apprenant à connaître le duc de Rivière, pourra ne pas applaudir à la sagacité du Roi ? sur qui sa confiance pouvait-elle s'arrêter à plus juste titre ? Fidélité, morale, religion, talens militaires et de négociation, abnégation de soi-même, tout se trouvait réuni dans le marquis de Rivière : plaisirs, devoirs de famille et de société, affaires, amitié, santé, tout est sacrifié à ses nobles fonctions. L'histoire nous montre Charles second forcé, pour éviter les soldats de Cromwell, de se réfugier dans les branches d'un chêne; et là, vaincu par le sommeil, soutenu dans les airs sur le sein et dans les bras du fidèle et vaillant Carless. Sa vigilance ne surpassait pas celle de l'infatigable duc de Rivière qui, jour et nuit, ne quittait pas la chambre de son précieux élève. Puisse un tel exemple inspirer plus de réserve aux jugemens précipités, redresser l'opinion vulgaire, et nous rappeler ce que dit Montaigne avec tant de justesse et de raison :

« Si j'avois en ma possession les hommes et
» les événemens incognus, j'en penserois bien
» facilement supplanter les cognus en toute
» espèce d'exemples. »

FIN.